夫婦五行歌集

故郷の郵便番号

浮游＆仁田澄子
Fuyu & Nitta Sumiko

そらまめ文庫

目次

澄子うた

浮游うた　83

澄子うた

台所の奇跡

拾った
花梨の実
台所の片隅に
お日さまの
分身

薄暗い台所では
時に
奇跡が起きる
薄皮脱いだ新玉葱の
突然の輝き

砂出しのボールの中で
いがみ合う
浅蜊に
どちらも悪くないからと
諭す

寒に耐え
ようやく吹き出た
タラの芽
浅緑の爪に
僅かに抗議を込めて

共通の敵を
ノックアウトして
女二人は
台所の暗闇で
にやりと笑う

鯛ではないが
赤魚を煮付ける
料理酒もあったが
試しに
夫の酒を入れてみる

そんなに
身をよじって
腸捻転を
起こさないか
万願寺とうがらし

使い忘れた
シシトウが
冷蔵庫の片隅で
真っ赤になって
怒っていた

豊水
幸水
そんな名前が良かったと
器量好の
二十世紀梨が呟く

台所の隅で
小さな拳を
ギュッと握って
私を威嚇する
土生姜

忙しい昼食
小さな秋のメロディーを
口ずさみながら
三倍速で
ネギを切る

鬼灯の
アミダくじをなぞったら
どれも
てっぺんに
辿り着いた

食べると
モノを忘れる
そんな汚名の返上を
茗荷の子は
願っている

牛蒡のシミの
とれない爪に
マニキュアを塗ってみた
高貴な
銀鼠色になった

紅玉よ
赤いだけじゃダメだ
食べられたくなかったら
何処までも
毒々しい紅になれ

どでかい
聖護院かぶの脇で
こかぶが
なぜか
粋がっている

お得な
泥ネギは
古里の
土の匂いも
連れて来た

あなたはトーフ
私はナス
フリーズドライの味噌汁の
湯気の中に
祖母のたまげ顔ゆれ

アンタブサイクやなあ
そういうアンタもカッコワル！
赤と黄のパプリカ
寄り添いながら
光っている

働かなくなった
ロボット掃除機を
捨てた
ゴミ袋の重さが
手に残っている

京に来て

こんな気持ちの良い朝は
忠実な
私のメイドに全てを任せて
出かけよう
お気に入りのスカーフ巻いて

笑い始めた山の
あちらこちらに
馬酔木の花
春を寿ぐ
かんざしの様

路地にも春が
舞い込んで来た
さくら餅
うぐいす餅
老舗の貼り紙

路地のタンポポ
塀の割目のホトケノザ
厳格な
京の街にも
春の訪れ

防火用水に
花びら
二枚
何処から来たのか
聞いてみる

城南宮
枝垂れた花の
狭間の空に聞いてみる
あの子の梅も
咲いているかと

自ら鬼と化した橋姫が
千年以上も名を残す
小さな社
梅の香匂う
宇治の郷

行き交う人に
手を差し延べる
ユキヤナギ
千手観音の
化身のよう

早良親王ゆかりの乙訓寺
枝垂れても尚
空に向かって花開く
コブシの花に
意地をみた

京に来て
夏が来て
水ナスを
思い切り
漬けてみる

青竹
踏めば
竹林渡る
風の音が
聞こえる

赤紫蘇ジュースを
求めに訪れた
大原の郷から
哀しい歴史まで
背負って帰る

廃屋の
玄関先の石畳に
ナスカの地上絵のような
椎の実の
点描

路地の奥深く
閉じ込められた神々が
囃子の音に呼び出され
都大路を練り歩く
京の夏の始まり

小倉山の麓
二尊院辺りを
彷徨えば
ササゲ畑に
蝶が舞う

晩年の
小野小町の肖像画の前で
お互いを見比べている
同年代の
二人連れ

早朝の曼荼羅山に
うっすらと
雪の鳥居
身を焦がす宿命を
労わるかのように

城壁の老木に
家紋のように貼り付いた
ウメノキゴケ
睨みをきかせた
家老のよう

あの子
悪いことしたから
閉じ込められているの？
幼子の指さす先に
仁王門の金剛力士像

見よう見まねで
雑煮を作るという
息子に
白味噌を
送る

夫

あと一周!
子ども公園の
ランニングコースを
歩くように走る夫に
ハッパをかける

ウォーキングはいい
前を向いて
話せるから
時折
どちらかがつまずく

炊く米を
三合から
一合にする
夫入院の
朝

可憐な看護師さんに
誘導され
手術室に向かう
夫
なぜかいそいそと

酔っぱらって
蚊が叩けないという夫を
笑った罰か
蚊と思って叩いたら
飛蚊だった

血圧を測る傍らを
ウロウロする夫
TVで仕入れた
『夫源病』とやらを
気にしているらしい

幼児に「あかんなあ」と
近道横断を指さされ
身体の芯が熱くなったと夫
六尺の男にも
一かけらの魂

お茶にしようか？
コッヒ！
えっコーヒー？
何も言ってへんで
膝やヒザ

寝てる？
と聞いたら
失礼な！　起きてるよ
ゴメン
目が細かったから

ここに牧場があって
ここに田圃があって
どじょうがいて
シティーボーイと
言っていた割に・・・

そっと消したＴＶに
見ているよと夫
絶対
寝ていた
くせに

帰ってきた故郷の
郵便番号を
覚えない夫に
私が勝ったと思っているって？
なんで判ったのだろう

庭で花火
孫と戯れる夫
煙の向こうに
遠い日の
少年の顔

木を切り
七輪に火を起こす
孫は
目を輝かせて
じいちゃんにまとわりつく

真新しい制服で
直立不動
小学一年生の様に
写真を撮った
出初式に臨む夫

居間に人体模型
来客が
ギョッとする
夫の
コレクション

折々のうた

そうだ
そうだったのか
なーるほどね
ところで
何の話だっけ

こんなに空は
広いのに
なぜか
雨雲ばかり
切り取る人がいる

大雨の日
蜘蛛の子を
締め出したことに
私の中に
小さな残忍さをみた

還暦を
まわってからの
円盤投げは
メニエール症に
拍車をかける

忘れられた口紅か
運び出される
鏡台の
引き出しの中で
カラカラと鳴る

巣立って十年
三重障害の彼女が
エッセイを出した
『生きる』の文字が翼となって
夏の空を駆け巡る

会えると思うと
心が嬉しくなる
そんな風に
言われる人に
なれたら

躍起になって
取り繕っていた手を
ふと留めてみた
綻びから
花が咲きこぼれた

誰に
冷たい言葉を
書いたというのか
布団の中でいつまでも
温かくならない手

時短手抜きは
時代の流れ
あり合わせの歌材を
レンジでチンしたら
爆発した

加減は大事
背中を
押したつもりが
谷底に
突き落としてみたり

春になると舞い込む
亡母への
着物祭りの案内状は
ずっと
そのまま

捨てたい靴下の穴を
大きくするように
最近
手心を加えることが
多くなった

朝の星占い十二位
ラッキーフードは
もり蕎麦とか
大事な一食
決められてたまるか

やわらかな光の中で
貴女は心ゆくまで
レースを編んでいるのでしょう
五行歌に誘ってくれた
友が逝った

笑顔が一番
と
ひまわりを描いた
はじめての
絵手紙

花を摘んだね
虫を捜したね
その土手をひたすら走る
哀しみが
キラキラとこぼれていく

君が暮らしていた
街に向かう
バスが
出ていく
雨のロータリー

君と過ごした街を
風の様に通り過ぎる
マンションの
給水塔が
いつまでもおいかけてくる

鳴り止まぬ音叉の様に
深奥が
震えている
木漏れ日に遊ぶ
子らの影にさえ

母は真珠貝のよう
呑み込んだ
痛みの欠片を珠にしていく
たとえ
歪な形になろうとも

急かされて
駐輪場に落とされた
小さなクツは
銀杏の葉っぱと
戯れる

ワタシが
アナタに
何をしたっていうの
炎天下
ドクダミを抜く

勘違い
されたことを
むきになって
正すことを止めたのは
何時からだろう

心の寒暖の激しさに
想いの流れがぶつかって
五行歌《うた》が生まれる
湧きあがる
雲に似ている

種の大きい
アボカド
元をとろうと
其処ら辺に
植えている

ラジオから懐メロ
〝私はあなたに命をかけた〜〟
ふと
かけられたほうの
心労を思う

世界一の
〈富岳〉といえども
描けないであろう
力あるコトバの
飛び散りかた

あの口調によると
娘は
職場で
親の個人情報を
漏洩しているに違いない

最近
上から
モノを言われると思ったら
身長が
5センチも縮んでいた

さすがに三十年も経ったら
ちゃぶ台に上がらず
羽根扇子も無し
ふくら雀娘の
ダイエットダンス

ムラサキと付くだけで
格上のような気がするのは
私の僻みだろうか
小さなムラサキサギソウに
嫉妬する

絵手紙

菜の花は
遅い筆を
笑うように
次々と
ほころぶ

うっかり落とした
若草色は
和紙の上で
春の野の
ヨモギとなった

玉葱を描く
絵具がみるみる
吸い込まれて
いくような
純白

この色が
出せるものなら
出してみろと
云わんばかりの
ナスの紫

描き損じた
銀杏の絵手紙が
ヒラリと舞い落ちる
部屋の片隅に
秋が佇む

立派な
筍の絵手紙
奈良の歌人から
躊躇なく
筍を買う

旅

不意の警笛に
山鳩舞い上がる
無人駅
葉ゲイトウ
西日に赤く

特急列車は
残照の中を行く
ススキが
若鮎の群れの如く
流れていく

龍神が
棲む郷なのか
湧きあがる雲に
関ケ原は
今日も曇天

軒下に揺れる
吊るし柿は
古代のメロディー
奏でるかのよう
晩秋の大和路

湖上からも
愛でられる
花は幸せ
奥琵琶湖
海津の浜

三十年ぶりの
太魯閣渓谷は
数ミリかの浸食をして
私のことなんか知らん顔して
切り立っていた

太魯閣族の
末裔の女性が
指さす空は
断崖絶壁に囲まれた
台湾の形そのもの

数行で
数百年の時を旅した
土井晩翠
荒城の月
いけるか五行歌われら

日常を脱して
旅した先の
マーケットで
サンマの値段を
比べている

時代は移っても
年老いた
母の待つ港がある
祈りを載せた
鶴が舞いゆく

児童館のうた

レゴブロックの
散り散りは
無心に遊ぶ
子供たちの
命の輝き

片足に
しがみつく子を
引きずりながら
頭に飛びつこうとする子を
かわす

ワタシ
センセーのこと
いちばんすき！
アリガトウ
さっきA先生にも言ってたネ

キャラ弁を
羨ましそうに
のぞき込む子の眼に
サッカーボールの
おにぎり

子どものキモチが
わからないオトナなんて
サイテーだ
泣きながら抗議する子
あー昔の私がいる

オレ
おやつなんて
いらないよ
蝉の抜け殻を
蟻に与えている少年

見て見て見てと
けん玉
お手玉
一輪車
名手ぞろいの児童館

両手いっぱいの
セミの抜け殻を
得意げに見せる少年
君も
脱皮しようとしているのか

『もうぼうやってよばないで』
これはホントのお話ですと
言った瞬間
いくつもの
小さな顔が輝く

オレなんか
どうせオレなんかと
喧嘩して泣きじゃくる
学童っ子の
肩を抱いて送る

上着にズボン
靴下に帽子
つなぎ合わせたら一人分
脱皮でもしたのか
学童っ子の落し物

二条公園の鵺池に
はまって遊ぶ学童に
祟りが出るぞと脅すと
平安時代の話やろと
かわされる

子どもたちと作った
鯉の鱗の一枚に
君の名前を書いたよ
五月の空に
光って泳いでいるよ

虫取り網を持った少年が
ふと振り向いた
弟だったり
息子だったり
孫だったりする

センセーが
オレらに勝っているのは
年とシワの数やで
そうそう
脳のシワの数やで

学校に行けず
学童保育所の
棚に並ぶ
真新しい
ランドセルの群れ

まるで
賽の河原の鬼のようだ
消毒のため
子らのレゴブロック作品を
バラバラにする

オレな
逆上がり出来るようになってん
手のひらのマメを見せて
校庭の
鉄棒を指さす

将棋にオセロ
トランプにウノ
次々と挑戦を受けて
老脳は
球体迷路に陥る

治りかけの瘡蓋をはがし
手当てして
という子の
屈託と
いじらしさ

安曇野

芝桜に縁どられた
水田に
残雪の北アルプスが
逆さに映る
我が故郷安曇野

叱られて
レンゲ畑に
身を埋め
雲を見ていた
遠いとおい日

小さな握り拳が
パッと開いて
花吹雪
その中に
遠い昔の少女がいた

春の宵
ほのかな香りに
ふと見上げれば
ぽっかりと
白木蓮とお月様

花びらを
うっかり
呑み込んだ
魚は
桜色となる

おーい雲よ
と
叫んでみた
安曇野の
高い空

里芋の
葉っぱに宿った
露の球とり
願い事書いた
七夕の朝

緋色黄色ピンク色
白く乾いた庭先に
松葉牡丹
妖精たちの
スカーフの落し物

母の倒れた朝には
何の花が
咲いていたのか
今は
夏草の海

安曇野の
コスモスに
会いに行きます
出さずじまいの
絵手紙

水の見回りか
田の畔に佇む
麦わら帽子の老農夫
渡る風間に
亡父を見る

絶対帰ると誓って
出征した青年を最後まで
見送ったのは故郷の
空だったのか
山だったのか

安曇野に
風が渡る
土に生きた父が逝った
最後に口にしたのは
自分の作った新米

梢に
取り残された
花梨の実
北アルプスの稜線に
ひっかかっている

峠から振り返れば
母の実家《さと》は
竹に呑まれて姿なく
段々畑に
柿の実たわわ

晩秋に
取り残された
熾火のように
満天星ツツジは
残照の中

手折った野菊の
薄紫は
遠い故郷の
雪待月の
夕暮れの色

『道』
半世紀前の卒業文集
日溜りの
友の笑顔が
彼方に見える

ふと口ずさんだ
校歌は
嗚咽に変わる
友の訃報を
知った朝

とっくに無くなった学び舎の
航空写真
ちっぽけな私が
一心に
空を見上げている

母の形見の絵は
北アルプスを背にした
子ども病院
節くれだった手でちぎったのか
三角屋根が曲がっている

遠い日
幼子らを連れて
ここから帰って行ったのか
乗り換え駅のホームに立ち
病床の姉想う

親族に紛れて
姉も
故郷に向かう列車に
乗ったに違いない
花模様のワンピースを翻して

泣きながら
村はずれまで追ってきた
小さかった弟が
今では
大型トラクターを動かす

川は小さく
道は細くなった
故郷の
村はずれの道祖神は
あの日のまま

早春の陽光に
凍てついた
父子のわだかまりが
解けて行く
長かった信濃路の冬

浮游うた

僕宝

集めた石ころ貝化石
標本ラベル作り
あぁー　死ねば
どれもこれも
ゴミと呼ばれるのに

獲物を待つ蜘蛛
俺に似ている
ただ
巣を張る努力
してへんなあ

ホヤは浮游を止め
定着すると
先ず脳を喰らい
腸だけ残す
なんだか俺みたい

九千点もないけれど
俺の宝物
せめて何点か残してくれ
思いが駆け巡る
正倉院展の帰り道

僕には耳がある
口で言え
目と顎で
僕を使うな
不良になるぞ

昔　少年探偵団に
あこがれた
怪人二十面相
今　老年探偵団が
探してやるぞ

昔
おじさんはヒーローだった
「月光仮面のおじさんは・・・」
「七つの顔のおじさんの・・・」
出でよ　正義のおじさん

ある時は片目の運転手
ある時は手品好きの老紳士
しかしてその実体は
明智君もホームズ君も
俺の素顔を知らないな

国の宝が国宝で
家の宝が家宝なら
僕の宝は僕宝です
だから断捨離は
いたしません

やることは阿呆臭い
身体は加齢臭で臭い
話すことは嘘臭い
私は胡散臭い
蓋を探そう

釣った魚に
餌はやらぬ　か
釣った魚から
餌を貰っている
今

熱帯夜
脳味噌煮え滾る
記憶の栓がポンと抜け
忘れていた昔が
夢の中に

少年の頃の夢は
どこへ行った
きっと心の底で
化石に
発掘開始

私は食の守護神
賞味期限もなんのその
身を挺して家族を守る
でもね
残菜処理係とも

周りから呑兵衛と
云われる　この俺が
こそこそ買う
秋祭り夜店の
ベビーカステラ

ガラス戸に
白い息　ハアー
俺は火を吐く
大怪獣だ
一人楽しむ冬の掃除

だらだらと
冷や汗　脂汗
筑波山の蝦蟇君
私は昔
仲間だったかも

御母さんから聞いたよ
と
娘からのプレゼント
消臭剤と殺菌剤
父の日にへこむ

呑んだくれて
蚊が叩けない
真夜中の月が
正しく年をとれと
私を照らす

過去は変えられない
今を頑張れば
未来は変えられる
いつまでも
青臭いなあ俺

「エイプリルフールに
嘘をついたことはない」
「なに言うてんの　あんた
毎日がエイプリルフールやん」
よく分かっていらっしゃる

よし　今から
良い人間になります
良い父親　亭主になります
かなり本気です
私は嘘を言いません

人の話をよく聞けます
聞けば聞いたで
また迷います
まだいい人で
いたいのです

ふらふらと散歩
山裾に迷い込む
嗚呼ほっとする
私は昔
天狗だったかもしれない

まあ上手なお歌
あんさんほんまに賢おすなあ
わたしらこんなお歌
思いもつきまへんわ
ハイ私ハ宇宙人《エイリアン》デス

支離滅裂

また被る
捨てる
つもりの
夏帽子
父の残した夏帽子

ありえぬ方向に
体躯を
捻じ曲げるヨガ
さばかれる
鶏の気分だ

通学時
自転車の
ペダルを踏む
しなやかな
アキレス腱

喉を詰まらせる
心臓に突き刺さる
五行歌《うた》だからといって
油断できない
命懸けだ

「口紅を拭いてください」
口笛を吹いた老女
顰め面の治療室
歯科医も患者も
口元ほころぶ

私はお腹です
みんなが
ぽんぽん
たたきます
今に見ておれ

冬の風が
元気をなくしたぞ
地中から様子を窺う
潜望鏡一本
いや　土筆が一本

新嘉坡
中国人街《チャイナタウン》
老女にギロッと
睨みつけられた
八月十五日

平気　平気
まだ飲めると
釣り銭を
こぼして拾う
飲んだくれ

ホオー　ホオー
寒風に素足に草鞋
托鉢僧
僧堂の日常は
私の非日常

哀しいなあ娘から
昔　お父さんが
いいな
今　お父さんは
いいわ

秋　何を食べても美味い
食欲がおとろえぬ
ダイエットに成功した娘
上から目線で
「もう冬眠の準備やん」

雲南の南
国境の町
夜市は
人　ひと　ヒト
騒　香　闇

赤チンと征露丸で
何でも間に合った
子どもの頃
昭和に改名　正露丸
令和に　赤チン消える

まるで生物標本室
蝮　鹿茸　膃肭臍
漢方薬局のウインドウ
見た目と匂いで
春を待つ

老いらくの恋に溺れてみたい
でもなあ
溺れかけてはすぐ浮かぶ
浮力が強い
妻は救命胴衣《ライフジャケット》

ほめて
育てる　か
なるほど
最近　洗い物　炊事
上手上手とほめられる

上気して
眉描かぬ
マスク顔
妙にいいな
春の風邪

秋の夜
濃き紅をひき
風邪声でつく
嘘
またひとつ

夫は
俺がいないとだめだろう
妻は
貴方がいるから駄目なの
笑顔の下はわからない

カウンターの下
そっと指輪を
はずしとる
甘いひびきの
京言葉

遠き昔の彼の女《ひと》は
ピアノを弾いて讃美歌を
時は流れて彼の女《ひと》は
酎ハイ片手に
こぶしコロコロ

「正直になれ」という大人
七夕の短冊に
大金持ちになりたいと
正直に書く子ども
「夢がない」と嘆く大人

磨き込まれた靴
プレスのきいたシャツ
締め心地の良いタイ
出番のない寂しさ
毎日の朝

先生　おなか大きいね
何入ってるの
脂肪だよ
そうか夢と希望がいっぱいか
高学年児童の思いやり

ばあちゃんなんか
蟻に食われろ
じいちゃんなんか
蜂にさされろ
それでもまつわりついてくる

考えるな
感じろ
ブルース・リーが言っていた
なんや
五行歌と一緒やん

雨如きで
男は走るなと
祖父の一喝
半世紀前
そやけど今はねえ

馴染みの酒場は
軒並み休業
自宅で
バーテンダーと客
一人二役

妻

「寒ぶ」と目覚める
臍だしの晩秋
夜明け前
こんな男と一緒で
妻は幸せなのだろうか

広告の裏に
絵手紙の下描き
五行歌の下書き
買い物メモ
時々悪口

毎朝
「あんた、出かけへんの？」
と聞かれる
「掃除しときます」
と答えておく

文鎮代わりの
花梨
『散歩に行ってます』と
チラシの裏の
置手紙

組板に
筍のせたまま
包丁の代わりに
絵筆を
何が彼女をソウサセタ

立てたり　寝かせたり
花梨を絵手紙に
上手く描けたようだ
乙女になった
妻の声が聞こえる

もう一本つけますか
はいお願いします
ふんわり　ぼんやり
ええヨメハンやと
軽い酔い

出勤する妻の
後ろ姿
最敬礼で
送り出す
凩の朝

五行で書く
歌は書ける
三行と半で書く
妻への文は
未だ書いたことはない

多摩川で
星空を見上げた二人
鴨川で
星空を見上げる二人
今　六十半ば

戻ってきた故郷の
郵便番号を
いつまでも覚えられない私に
妻は勝ったと
思っているにちがいない

酔って
蚊が叩けない私を
笑った妻は
目の中の蚊を
叩こうとしている

今度の絵手紙は
ナスか
しばらく続くぞ
ナス料理
ゴーヤに飽きた頃

思った色が
出ないらしい
我が家に
あふれる
ナスの紫

私のこと
歌にしないでよ
言われれば
言われるほど
私は天邪鬼

五行歌を創るのに
観察　記録が
重要と
毎日毎日
妻《あなた》を見つめている

五行歌で
妻をおちょくり
弄んではいけない
猛烈な反撃が
歌にでてくる

家庭ではパートナー
五行歌ではライバル
いや貴女が主役
助演男優賞を
狙うとするか

妻の良いところを
書き出してみた
無限に出てくる
悪い所を書き出すと
原因は私にあった

「べつに金が惜しいのちゃうで
並ぶのが嫌なだけや」
ステーキが評判の店
妻　ぽつり
「ウソツキ」

下品汚い
だらしない
何とでも言いなさい
私は貴女の
旦那です

アキレス腱断絶
これで妻には
甘えられるぞ
今に始まった
ことではないが

年寄りの
甘えは
幼児の
甘えより
こわい

何でやろ
いけずと嫌味の歌ばかり
生まれた土地が悪いのか
育った場所が悪いのか
いえ　あなたの人間性と妻

ちりめん山椒を炊く
長いものが鱧に
だんだん京都に
慣れたね
お澄さん

大器は晩成す
そうか　よし
これからやなあ
妻は私を
極楽トンボと呼ぶ

我が家の禁句
妻に　美人薄命
俺に　大器晩成
何歳で線を引く
あなたなら・・・

自己投資
中国語を学ぶ
我ら夫婦
まだまだ
生きるつもりです

妻と語る
尽きない夢が
あふれ出す
叶わぬ夢など
無いかのように

サンミツはあかん
ダンミツはええなあ
ハシモトマナミもええし・・・
家呑み酒場の
女将に睨まれた

一人の時は入らないで
入っている時は歌を唄って
酒を飲んだら入ってはダメ
そんなに心配なら
一緒に入ったら

京都の歌

関西弁とは
ちがいます
大阪弁とは
もっとちがいます
京言葉です

流石に上洛とは
書きません
代わりに入洛と
プライドは高い
我らの地元紙

ほら　ちょっと前と
三十年前の話をする
惚けたかな　夫婦の会話
だいじょうぶこの街では
前の戦争は応仁の乱

８２７．８㎢の街に
神社８００　寺院１７００
辻々の祠数知れず
神仏の密が和らぐ
十月

時代劇を観る
「ほらあそこやん」
ストーリーより
ロケ地が気になる
京生まれ京育ち

国際観光都市と思いきや
京都地検の女・・・
科捜研の女・・・
命を狙われる家元に宗家
いつしか一大犯罪都市に

床開き
鴨川に連なる
涼風に笑顔
そして
優越感

この国の御僧侶は
般若湯が大好きです
夜のギオンは
人でいっぱいです
タイやビルマとはちがいます

わかるかなあ
ぼんさんが　屁をこいた
においだら　くさかった
これが分かれば
あなたも京都人

余分な一言で叱られる
「牛若丸と弁慶が
居なければ
ただの橋やん」
五条大橋

アホアホ言うな
アホ言うもんがアホじゃ
このアホ
アァ〜最後の一言で
よくある失敗

大阪　蕎麦に油揚げ
東京　蕎麦・饂飩に油揚げ
京都　餡かけに油揚げ
タヌキはやっぱり
化けるんやね

浪花の人は怖いです
京都人を　冷たい
仮面を被っていると
はっきり言います
的を射てドッキリ

東に　真如堂　永観堂　東福寺
西に　高雄　清滝　嵐山
南に　善法律寺　興聖寺　善峯寺
北は　鞍馬　貴船　志明院
紅に閉じ込められた私

永観堂
岩垣紅葉に
見惚れ
夫婦そろって
ロ　ポカン

この盆地
暑い寒いは
はっきり
言葉と人は曖昧
千年の暮らしの知恵

パイロンなんて
甘い甘い
昔からあります
いけず石
バリアばっちり

怪しきものを
探し求め
古都の大路小路を
さまよい歩く
幻想と現実のはざま

待賢門院陵　統子内親王陵
吉田兼好　佐久間象山
散歩コースに
お墓がいっぱい
泊舟さんのお墓もある

青い目の
芸妓さん
とうの立った
舞妓さん
異界　白昼の祇園

まねきの下行く
舞妓さん
右手にスマホ
左手にタピオカドリンク
なんや観光のお人どすか

神社仏閣を
ホットパンツで
異国の旅人
罰当たりの老
尻を目で追う

五月の真夏日
肩だし
臍だし
脚だし
禅寺に異国の旅人

おばあちゃんが
嵐山に向かう列車に
さっと立つのは
異国の若者
どうした日ノ本の若人

夜　鴨の河原
等間隔で並ぶカップル
「昔ここはなあ・・・」と
教えてあげたいことがある
イケズやな俺

夏の蒸し暑さ
冬の底冷え
耐えたご褒美
春に桜
秋に紅葉

大瀑布のよう
枝垂れ梅
花吹雪に身を委ね
気分は王朝貴族
城南宮の庭

天地引き裂き
古都を一喝
梅雨の雷
油日照りの
夏が来る

クリスマス
終い天神
神と神との大激突
ひと足お先にと
弘法さん

腰も粘りも
ありません
口当たり良く
呑み込まれます
私　京都の饂飩

ドス　ドス　ドスエ
ヤクザの出入りでもあるまいに
物騒この上ない
京言葉
なぜ京都弁と言わぬ

盆地の中を
右往左往
井の中の蛙
でもね空の広さは
知っている

老いぼれて古の
イージーライダー
今は娘の原チャリで
都大路など
トロトロ走る

毬つき唄　石けり唄
染込んだ路地に
雪降り積もる
遊ぶ子もなく
お地蔵様は淋しそう

行水　浴衣
祖父母に手を引かれ
憧れの
ソフトクリーム
宵山の四条通

外出自粛で
待ち合わせの人無し
ぽつねんと
御所を遥拝
高山彦九郎

本気で信じるのも
阿呆やし
非科学的やと言うのも
野暮やし
ややこしいなあ一条戻橋

跋

草壁焰太

夫婦で五行歌をやる人は珍しい。私の意識にあるのは、たしか私たち夫婦とあと四組、その一組が仁田澄子さんと浮游さん。夫婦で趣味もいっしょ、活動もいっしょというのは、よほどのことである。

どこへ行っても夫婦、よく飽きないなーというくらいいっしょにおられるセットである。種々優劣もあり、違いもあるが、ともかくワンセットでいて、安心しているという夫婦の一パターンといえようか。一言でいえば、仲がいい。

安曇野生まれと京生まれ、東京で恋して（たぶん）、京都でいっしょに。

五行歌人には珍しいスポーツ選手である。円盤投げと砲丸投げの選手同士だったと聞いたことがある。

どちらかといえば、奥さん主導かとも思えるが、あんがい茫洋とした夫を頼りにしているのは、賢そうな奥さんのような気もする。

奥さんの歌は知的で、均整がとれている。

旦那さんの歌は、おなかぽんぽん。しかし、京生まれ京育ちの何かがある。

夫婦が競い合う郵便番号は京都のそれであろう。いい夫婦だな、と、羨ましくなった。

戻ってきた故郷の
郵便番号を
いつまでも覚えられない私に
妻は勝ったと
思っているにちがいない

浮　游

帰ってきた故郷の
郵便番号を
覚えない夫に
私が勝ったと思っているって？
なんで判ったのだろう

仁田澄子

こんな些細なことに関する相聞歌が、こんなに羨ましく思えるのはなぜだろう。私たちは、こういう関係を夢見ているのであろう。同じ話題についての、やりとりが案外多いことに気づき、それを数えている私もいる。

仲がいいなあ、いっしょにお風呂に入ったほうがいいよなあ、などと思いながら。

あとがき

澄　子

私が五行歌と出会ったのは、東京在住時の二〇〇六年頃、新聞紙上に投稿したのをきっかけに、吉祥寺歌会に誘われたのが、歌会参加の始まりでした。

主人（浮游）が五行歌を始めたのは、私より七、八年後だったと思います。歌会後の余韻会に参加して、何故かメンバーと気が合って、気がつくと次回から歌会に参加するようになっていました。

京都に帰ってからも、これも弾みで受けた京みやび歌会の代表となり、今では、私以上に、近畿各地の歌会に顔を出しています。

〈児童館のうた〉は、京都に移ってから勤めている児童館（学童クラブ）で、日々接している子どもたちの様子を詠んだものです。

〈安曇野〉は、私の生まれ故郷で、主人が絵を添えてくれた本の中より選びました。

見知らぬ土地に来て、五行歌があって本当に良かったと思っています。

共通の歌友である天河童《あまがっぱ》氏が、以前まとめて下さった、夫婦それぞれの五行歌集が、今回の選歌にどれほど助かったかしれません。改めてお礼申し上げます。


選歌に当たり、実は、夫婦で、歌のすり合わせを敢えて行わず進めました。

共通の章としては、夫・妻・京都にとどめました。

きっと背中合わせの歌や、温度差のある歌が多いと思います。一冊の本になった時、不協和音だらけだったらと、恐ろしさも感じています。

でも中に一つでも、共鳴するような歌があったならば、また、夫婦で支え合いながら歌を創っていけると思っています。

あとがき

浮　游

手元に『風子の五行歌集　掌編70歌』という小冊子があります。新潟の風子《ふうし》氏が古希をむかえられたおり出されたものです。

私も今年、古希を迎えます。よし真似をして『浮游の五行歌　掌編70歌』を作ることにしました。

よそさんはよそさん、家《うち》は家と個人を大切にするこの町では、人の真似をすると「まねし漫才・・・」と揶揄われます。京都を四十年近く離れた東京で生活していた私、半分は関東人と開き直り選歌にかかりました。

一人こそこそ作業をしていると、興味津々の妻が「私も歌集作りたいなあ」「歌集を作るのならいっそのこと、二人でそらまめ文庫から」と宣わるのであります。

恐れを知らぬ何たる暴挙と二の足を踏む私でしたが、そこは妻唱夫随の我が家、妻に従うこととなりました。
この本を手にした京都人から言われるであろう言葉が頭に浮かびます。

ぎょうさん
歌詠まはって
脳はノーでも
度胸は
あるんやねえ

出版に当たり、跋を寄せて下さった草壁主宰、背中を押して下さった三好叙子副主宰、編集担当の水源純様、装丁担当の井椎しづく様はじめ五行歌事務局の皆様に心より感謝申し上げます。

浮游（仁田晶夫《にったまさお》）

京都市出身

１９７５〜２０１３　東京都公立学校教員

京都市在住

五行歌の会同人、五行歌京みやび代表

仁田澄子

長野県出身

１９７１〜２０１４　東京で暮らす

京都市在住

五行歌の会同人

著書

五行歌絵本『キラキラ光るこどもたち』

（絵・浮游／文・仁田澄子）

五行歌絵本『安曇野』（絵・浮游／文・仁田澄子）

絵本『そらいろのピアノ』（仁田澄子）

そらまめ文庫　ふ 1-1

夫婦五行歌集　故郷の郵便番号

2022 年 8 月 20 日　初版第 1 刷発行

著　者　　浮游、仁田澄子
発行人　　三好清明
発行所　　株式会社 市井社
〒 162-0843
東京都新宿区市谷田町 3-19 川辺ビル 1F
電話　03-3267-7601
https://5gyohka.com/shiseisha/

印刷所　　創栄図書印刷 株式会社
装　画　　仁田澄子
装　丁　　しづく

ISBN978-4-88208-196-8　C0292

五行歌五則〔平成二十年九月改定〕

一、五行歌は、和歌と古代歌謡に基いて新たに創られた新形式の短詩である。

一、作品は五行からなる。例外として、四行、六行のものも稀に認める。

一、一行は一句を意味する。改行は言葉の区切り、または息の区切りで行う。

一、字数に制約は設けないが、作品に詩歌らしい感じをもたせること。

一、内容などには制約をもうけない。

五行歌とは

五行歌とは、五行で書く歌のことです。万葉集以前の日本人は、自由に歌を書いていました。その古代歌謡にならって、現代の言葉で同じように自由に書いたのが、五行歌です。五行にする理由は、古代でも約半数が五句構成だったためです。

この新形式は、約六十年前に、五行歌の会の主宰、草壁焰太が発想したもので、一九九四年に約三十人で会はスタートしました。五行歌は現代人の各個人の独立した感性、思いを表すのにぴったりの形式であり、誰にも書け、誰にも独自の表現を完成できるものです。

このため、年々会員数は増え、全国に百数十の支部があり、愛好者は五十万人にのぼります。

五行歌の会　https://5gyohka.com/
〒162-0843 東京都新宿区市谷田町三—一九
川辺ビル一階
電話　〇三（三二六七）七六〇七
ファクス　〇三（三二六七）七六九七